森林詠嘆調

蔡素芬

目次

第四章　煙雲——149

第五章　夜歌──183

終聲　我──215

序曲

吟者

我該為誰吟唱優美的詩歌
街頭一盞清霧中孤立的燈影
漸漸熄滅
森林裡
啼鳥吸飲霧中水氣
向東方引喉
那隱躲在雲裡的太陽
便睜開眼來
探看一切

我應向那太陽眼光探看的一切吟唱
卻擔心那背光裡的生靈
因聽不到詩歌而枯竭

我必須領受太陽
超越太陽
才能到達黑暗那裡
吟唱我的詩歌

誰來聽詩歌？
誰需要詩歌？

我走入森林尋找答案
晨霧中
一條逶迤的道路伴有鳥的鳴叫
指向歧生的森林幽徑
泥土裡滾動著蟲子與狡兔移動的聲響

腐葉上滑行甦醒的蛇蛔
我以為那是森林正輕奏起它的詩歌
我必須走入
才能完成自己的
詩歌

然後
在眾人間吟唱
在街道，在樓宇，在公園，在河邊
在市集的出入口
在車站
如果有耳朵豎起來聆聽
我便不再在意太陽的眼光是否照見一切

第一章

森林的早晨

1 有一道光

光像一陣風
瞬間拂入森林
以觸角搖醒每株嗜睡的乳薊
驚醒站立草脈上的
嗜夢蜻蜓

蜻蜓振翅飛起
乘過光的波浪
停駐在

一名森林探測員的鼻尖
輕盈的腳爪
牢牢抓住顫動的汗毛
探測員打了一個噴嚏
森林的鳥蟲以為一陣雷鳴
牠們醒來
迎面撞來光與聲音
體內響起蠕動的樂章

探測員踩過碎葉
樹梢間篩落的光線紛亂如針
刺入葉脈枯瘦的面容
層層疊疊凋零的都

臥向泥土
討取安魂的慰藉

探測員加重步伐
走向一天的任務
林間滾動光與葉的迴響
如戰車輪輾在塗炭的戰場

2

探測員拾到一隻手錶

探測員俯下身體
在酢漿草的衣裙裡翻找孢菌
在含羞草的葉脈採集蟲卵
葉脈緊密互擁
羞澀的　一線陽光
伸進葉隙
蟲卵剔透如飽滿的珍珠
探測員一一夾取
採集盒裡躺滿珍珠的呼吸

探測員又翻開一叢石竹
菌集的蚊蚋群飛四散
探測員跳過綠叢
如一隻蚱蜢離木
落在一處碎石灘

碎石間一隻閃亮的手錶
冷冽的金屬
人的氣味曾經迴盪

探測員拾起手錶
時針在零
分針在零

秒針停滯

探測員旋轉發條
宛如打翻一盤墨彩
四散的顏色或將繪成斑斕語言
早晨 8:30
時針分針從零走到此刻的位置
不知跨過多少漫長的時光
從它掉落那刻

而誰把時間掉落在那裡
群樹　碎石　溪水　花叢
誰來過又走過？

3 薔薇的衣裳

風微微顫動
一朵薔薇抖落一層衣裳
給風鼓起的臉頰
貼向陽光投來的眼神
頰邊透紅的氣息
如羽毛輕揚於晨曦
散溢的幽香　驚醒
叢中欲綻的蓓蕾

盈香的衣裳一層層飄落
泥土已備好溫床，說：
來吧，到我的柔鄉，有妳甜美的氣息才成就森林的氣味
來吧，我濕潤的床胚將包覆妳的馨香，讓陽光忌妒讓雨水瘋狂
若他們膽敢炙燙我們沖陷我們
我們只會釋放更多芳香
襲入風的懷裡迴繞森林
煥發每一個活躍的生命

花開花落
薔薇之根深扎泥床
遠古以來
從不放棄自己

種子落下
芳魂再起

在清晨的暖陽中
千千萬萬朵
是濃豔之婦與淡雅的少女
隨風撩動一縷慵懶
飄飛的衣裳
從遠古走來又滿載新奇

4

精靈舞出一層輕霧

南邊的方向好像掛著綠紗帳
阻擋陽光伸出碩長的手臂
交錯的枝葉深處幽暗如潭
飛翔著幾點霧般的光芒
搧著風的翅膀如薄紗飄浮
林蔭凝成一層輕霧

翅膀下身影曼妙
領頭的精靈停駐一片葉脈上

望著前方高大如巨人的森林探測員
那麼寬的肩膀　那麼陽剛的臉型
是神的使者走入了森林嗎？

另一個精靈說：
不是　是惡的使者　看他腳下那巨大的鞋履
踩碎了多少枯葉　蹂躪了多少葉上蜉蝣
他的腳步震驚了多少森林中安睡的生靈

葉尖上的精靈讚嘆：
他的氣味帶來異香
他的步伐沉穩堅定
他的眼神柔和善良

他驚擾森林也甦醒森林
我們唱一首歌歡迎他的到來
他踩踏之地必然生氣蓬勃
必然　讓泥裡的種子放棄沉睡
必然　讓葉上的蠶兒賣力吐絲
必然　讓蜂蝶更用勁舞動粉末

5 幽林裡一棵槭樹

樹木從酣睡中醒來
望見瞬間舞起的這陣霧
以為暮色已近
日與夜迴轉成迷陣
一縷風微微騷動

昂然的槭樹
直挺挺望向雲端初透的陽光
五星芒的葉尖如硬頸伸向光源

試探秋天的距離

其中一棵最挺拔的槭樹
向幽林發出響亮的話語：
霧只是一層稀釋了光線的紗帳
暫時遮蔽了陽光的真貌
猶如誤解蒙蔽真實
陽光會再來
誤解會像風一樣自然吹散
人們以為我不是楓
但我是楓
百種楓姿中譜下一個名氏
在槭樹科下

成就一個楓族
唯有行家能夠辨認
風總有偃止的時候

那霧便散開
一線陽光遠遠照來
多重的光芒
照亮葉尖上的蟲蛔
舉目迷眩

那高大槭樹猶在獨語：
我是槭　是青楓
是楓族裡一個昂然獨立的存在

等待秋來
把身影撩成美麗的脂紅

6
花魂

森林探測員往南邊走來
花朵　像貝　張揚
向海吐露愛意
香氣漫向森林綠色的海波
釋放愛的誘惑

一朵花魂飛來
千千萬萬朵花魂飛來
泥裡有蟲甦醒

群鳥暈眩鳴唱
那香　千千萬萬朵的香
迷幻了森林
探測員坐在一塊岩上
望向花魂
迷失在昨日的昨日的昨日
而昨夜的失眠使他
跌入一個盹
花的魂魄帶他進入夢的花園

他遇見舊日的自己
年少瘦弱
站在一株玫瑰花前

哭泣初萌的愛情
淚水滴濕
一朵花魂

7
少年初萌的愛情

岩上打盹的探測員
跌入年少的愛情

他走進一片鬼針草
他必須越過這片鬼針草
才能到達少女的窗前
鬼針草的球果沾附在他柔軟的衣褲
刺入他的皮膚
奇癢如蛇蠍炙咬

窗前玫瑰尖銳的芒刺如箭急射
他輕推窗門
越過群箭
箭穿入手腕
一條血色割痕探入少女的密室
空無一人
白淨牆面一張黑字告示
此地無人勿再逗留

但不久前
春櫻編成的粉頰少女
在窗前對他送出初吻
心曲如橋

串接他的年少與
她初綻的心房

朝陽也會黯淡
粉色的牆面也會蒼白
他以淚洗白告示
將黑字漂成隨身陰影

屋子枯瘦
驚醒他的夢

8

雲

浮來一頂雲
像草原撐起的屋頂
遮去陽光的曜白
群草猶眠
酣暢的鼻息
喚醒泥上的小蟲
愛與欲同時甦醒
牠們在泥上奔跑
在葉下交歡

有風推送
雲在林上
散走的姿態像故意迷路
可以放肆遊得更遠

鳥也抬頭鳴和
花也綻放
另一朵新蕾
想為愛與欲命名

9

群鹿

陽光有一點偏移
正在天的中央緩步
一隻鹿
在樹蔭下覓食
兩隻鹿
相伴走入幽密的　木叢
三隻鹿
在落果的漿液上踩出凌亂的步伐
四隻鹿

在雲的屋頂下昂首長鳴
五隻鹿
涉過碎石粗礫啜飲坑上水露

群聚的鹿　摩肩相舐
舌尖的津液塗抹在彼此絨毛覆蓋的體膚上
陽光幻化津液成一層水晶
穿透前世今生
剔透演映愛的繁衍

鹿鳴鹿鳴
家在叢林與曠野

10 聲息

探測員拿起望遠鏡
在鹿群的遠方　的遠方
窺見一頭母鹿
臥在灌木下分娩
兩隻棕兔臥踞草叢邊
瞪眼聆聽母鹿的痛吟如地層翻動
草脈震顫
探測員放下望遠鏡

將自己的聲息　的聲息
遠離群鹿

風撩來
樹林裡傳來另一股聲息
雜沓的腳步聲
一聲踩過一聲

探測員再拿起望遠鏡
放大鏡中的視野　的視野
兩個獵人
走入往北的密林

南方水坑邊
群鹿豎耳聆聽
趨向北方的腳步聲息
越來越淡　越來越遠

11

獵者入林

撥開一帳垂墜的鬚根
挪開一幕擋眼的枝椏
陰鬱的密林
有星星點點的陽光竄逃

舉槍的獵人
以槍眼描繪獵物
飛鳥
走禽

伏獸
如虎如豹如鵬的
圖騰渴望
在槍端實現

槍眼透出狂野欲望
獵人跨過一條沉睡的蛇蟒
追捕
光影斑駁中躍動的山光

群鳥離枝高鳴
比獵人的足跡去得更遠

雲能否成為一床紗帳
收納整座森林的生息？

碎葉摩娑著　摩娑著
為獵人的腳步聲合奏進行曲
清脆　低沉　遲緩
如伏兵暗中行進

12
獵物

槍聲響起時
雲層破裂
群鳥追雲未回

斑駁的陽光繼續破碎在
山羌泛血的皮色流域
蛇蟒滑向綠意深濃的濕穴
狡兔鑽入陰涼的深窟
松鼠奔入幽深的樹洞

深眠的夜鴞睜開渾圓的雙眼

鼓噪的聲息以碎葉掩護
悄悄移向　移向更深的濃綠
腐木氣息瀰竄於泥濕之上
像滿溢腥味的河流迴旋林中

最終剩下獵人的腳步
齜咧勝利的笑聲伴隨碎葉的聲響
肩上山羌
滴落的血液
暈染森林成秋天
漸失的體溫

迫使夏天的陽光迷途
是林中有魂
在地獄的邊界申冤嗎？

13

群樹

槭樹苦訴夏熱
引盼秋涼如泉水噴在
粗皺的膚上
染紅葉脈躁動的心

蒼松伸直腰桿
眺望雲端集聚的水氣能否
化為一潭潤澤的水湖

榕樹與它的鬚髮竊竊私語
決議捕捉空氣中絲毫水氣
注入厚實的葉脈
醞釀成芳香的汁液

喧嚷的鳳凰花瓣
火豔燃燒
散落的火花
舞辣了身姿

阿勃勒垂吊鮮麗的黃衣
與鳳凰叫囂爭奪豔陽的眼神
夏浪湧起

豔陽讚賞的狂潮

豔陽說：
因為我，夏日才有意義
因為我，世間才豔麗多彩

森林探測員
站在一棵不知名的樹下
心裡掃過無數群樹的形象
聆聽眾樹的語言

眾樹說：
我催送芬多精進入你們的嗅覺以治療疾病

我分泌汁液保護你們的皮膚
我以根以莖以葉分治你們的百病
我以形以色療癒你們的心靈
你們看見陽光即生命之光
正如我們也需要陽光凝練生長
你我本一體
受霑於陽光與雨露
但你們不要誤觸毒針毒液
陽光的背後是陰影

林中的聲音
交織於濃蔭與斑駁的陽光間
彷如天籟迴盪

他心裡徬徨的
是那窗前少年面對一堵牆的空無回音

14

船艦入林

那個少年綺麗的青春
也曾在一棵不知名的樹下發出
振盪如翅飛翔的音色
越過日照充足的群樓

他隨那音色流轉於群樓的雜沓色澤
與高低起伏的騎樓間
走著踩著二十幾個輪迴的春夏秋冬
把清瘦的青年走成碩壯的中年

在實驗室的顯微鏡下將
蟲卵與真菌放大成一艘
可以搬運整座森林的船艦

他臉上積疊的曬斑
也如一艘船艦　帶他入林
林中沒有少女的窗前
沒有流淌著愛情的河流
只有一條溪流蜿蜒成小潭與漥坑
蟲蛔與精靈同舞於溪上蒸騰
的水霧間

入林的船艦也

騰於水霧間盛大的繼續航向春夏秋冬
他和他的曬斑一起望向酷熱
水霧便向雲的方向散去
留下蟲蛔與精靈與群樓與他的倒影

倒影沉於溪底
流水潺潺
如歌

15 影子

酷日移向天空中線
在東西的交界以烈焰昭示為宇宙之尊
獵人與山羌的影子消失於吉普車轟然的引擎聲浪
群樹的影子覆蓋於群樹的呼吸吐納之下
蟲蛔鳥獸的影子淹沒於樹葉的呢喃細語
所有影子　碎成星星之河仰視宇宙尊者

森林探測員的影子　踩在自己腳下
他低頭凝視

圓盤帽的影子吞噬他的影子

他把自己站成一棵獨立的樹
他伸出一隻手
那影子便有了一隻手

他手上握著數隻採集瓶
地上便有了數隻採集瓶的影子

瓶裡是溪邊石塊採來的苔蘚
是蟲卵　是菌叢　是微生之物
是與森林共存的生生不息
這座森林躲進採集瓶的影子下

將在顯微鏡下
復雕一座森林的萬物蠢動

第二章

午後的沉寂

16

石上的婚禮

池潭苔石上的青蛙打了一個飽嗝
像數月前的春雷
驚動浮游的水黽馳向石隙匿藏

水氣漫過石隙
如陣秋涼的寒意
以為冬天已近
卻是一輪炙熱的太陽
打著午後的哈欠

催眠萬物沉入昏昧的眠夢
時光之輪便宛如靜止

蛙群跳過石苔
潛入水中撈拾浮蚊
那營營繞繞的蚊蠅是日間星斗
蛙群昂首捕食
為了一個更高的跳躍更長的生命旅程

牠們亢奮鳴叫
帶著春天的餘光
來到夏季的明豔
牠們還要在石上進行

春天未完的婚禮

石上苔蘚的葉脈微細綻開
如一縷衣裳
阻絕陽光的炙熱
成雲成霧成岩石最親密的知音
蛙鳴互為伴奏石上的婚禮
樂曲在石紋與石紋間震盪迴繞
擾亂眾生　午後的睡眠

雄蛙抱向雌蛙
成雙成群
跳向水草間

躍進生之歡樂

該有樂隊鼓噪
喧鬧向夕陽西沉的霞光
為了明日的太陽

空氣裡顫動的波頻
是無數觀禮的細微眼光

17

穴居者的天空

牠們從地底的洞穴爬出
抬眼看見蛙群跳入池潭
飛濺的水霧是紗帳
紗帳後的新房幽深延入花叢樹影

牠們是蟻
是鼠
是蛐
是蚓

是一切翻出土層吸入一口燥熱空氣
向陽光討取一線生氣的穴居者

牠們看見蛙群的石上婚禮
也看見豔麗的鳳凰花朵靜息
在綠色的樹葉上宛如
向天空的雲以臥姿
討取一場漫天的婚禮

卻無一朵雲
那太陽灼熱的眼光掃淨了天空
在曬成一條石上的裂痕前
牠們必須回到濕軟的土穴

回穴的路徑迤迤長征成
一幅畫
畫面扭轉的線條嵌鑲
微細的草履與微生物
那涵養了生命的萬物之源
水滲入微物　微物漂浮於水
像一場婚禮完成於對生命繁衍的想像

牠們搬運草履與微生物
在穴居裡
築成牠們的天空

18

蛹之靜止

瓢蟲臥居葉脈上打盹
沒有一絲風吹亂一場睡眠

春天的那場微雨
釀出潤澤的蛹身
伏於葉脈背面
如一顆雨水化成的珠玉

而今夏的灼熱刺在堅硬的背殼

爬過這片葉就可抵達最遠的那片葉
尋覓蟲足的痕跡

但懶散適合夏天
牠伏臥
沉入睡夢中時
彷彿一場春雨又催化了蛹之靜止

19

銀杏林下的邂逅

松鼠躍上樹端
攀過層層枝椏
停在一截松針疏放的橫枝
牠放眼望去
過了松林是綿密的銀杏林
要跨過許多針葉枝
跳過鋪滿碎礫的泥黃土地
攀過各種粗糙的樹幹
才能抵達綿柔的銀杏枝葉

銀杏葉舒展雙臂
蓄勢等待穿上金黃衣裳當秋天的嫁娘
松鼠眼光橫越重重枝葉疊成的時光
恍然已來到杏果熟成的季節

松鼠便跳出針葉密織的林子
躍向銀杏龐大的林蔭
卻尋不著一枚可以果腹的果子

蔭下
三隻棕兔臥踞
靜靜的一股午後陽光
挪移

照亮松鼠跳過泥路的足跡凌亂如
散開的花絮

蔭下嘈雜的低語
初逅便如
一場語言的嘉年華
是探尋食物的路徑
還是訴說沿途的風景？

20 聲音

獼猴從遠處的蕉林
聽聞了蔭下松鼠與棕兔的細語呢噥
以及枝上群鳥的吱喳鳴啼
更聽得林間走獸的跫音
眾聲是午後求偶儀式
仰或覓食的耳目情報？

母猴溜下蕉株
帶著小猴

走向銀杏林
走向松林
走向槭樹林
走向紅豔的凰凰
走向森林裡每一個樹與樹的間隙
為了
尋找那隻離了地盤
不知去向的公猴
以致牠們群猴無首
群猴無首
牠們急切的腳步擾亂了
午後沉睡中的眾生

那醒來的眾生便交響出粗礪或細軟的聲音
滿布於林
母猴循聲欲探索公猴的足響
卻惑於聲帳迷失於喧嘩

最終
靠在一棵榕樹下
仰起鼻息
嗅聞
蕉林的方向

21

休憩

森林探測員以為自己走得很遠了
卻是來到銀杏林
站在一棵高大的銀杏下
低頭俯看腕上手錶

2:00

他應離開森林
去林邊的休息站
將採集瓶置放於站內的時光幽影

交接林間的空氣
也該享用一份豐富的午餐

他看到隔了幾棵樹的前方
松鼠與棕兔正輕聲細語
他靠著銀杏樹幹坐下
翻出手提袋裡扁塌的三明治
一口給早晨的疲憊
一口給望見獵人扛光遠離的失落
一口給午後陽光的熾熱
一口給久遠時光站在少女窗前的自己

松鼠與棕兔交談的聲音

似乎繞過森林又穿林而來
像吹來一縷溫柔的風
送來窗前少女的語言
她說：有天再回來，我仍會在這裡

22

窗前少女

少女曾經夢想如一位展翅的
天使停駐在牆角高處
俯視這屋裡一切
及春夏秋冬的情緒遞嬗

而那時聽見柔軟的聲音呼喚
從窗外鬼針草叢間躍入一個人影
探看窗內

少女來到窗口
送出含著玫瑰晨露清香的初吻
比雲柔軟比水清甜的舌尖觸感
他們在窗口吻成一片森林的幽深
時序是五月
夢幻的石榴花樹成群散開
玫瑰蔓生為窗前的荊城
百合在遠處含苞搖曳

卻有一日
少女別開臉走向房的中央
百合斷枝落地
一枝兩枝三枝

成排的百合都倒場
少年的手掌開出一條玫瑰莖刺劃出的血路
輕淺的紅
像天空劃過一道傷痕
切開他與她的屬地
昨日還曾存在嗎？

站在房中的少女
回眸
眼裡時光流轉

一週兩週三週
他們共同擁有那時光

最後那次窗前的吻別
她仍回到房中
以輕盈如一層霧飛過的聲音說
有天再回來，我仍會在這裡

23

這裡

他追逐的這裡
是時光之河裡一個發亮的波痕
是一隻蟬在夏至鳴叫
是一匹狼奔跑於寒白的曠野
是一個房裡的凝視
是心裡
不曾出走的印記

24

林中婦女

森林探測員想像森林中
也該有座少女居住的屋舍
窗前長滿帶刺的玫瑰

那少女將如他不斷堆疊的年紀
以樹輪紀時以季節數年
以婦女形象訴說歲月
也許有孩童成群
有寢室裡呼喚的聲音

有眉間鬱結的神色載著柴米油鹽的算計
有冬天來了的寒冷從婚姻的碑石竄出
有夏天來了的酷熱引爆內心的火山

他希望來到婦女的窗前
看見站在房中的她
如果他的手腕能撥開玫瑰莖刺上的歲月
或能喚回少女的回眸

25

報紙

而他只是坐在休息站的小桌前
品一杯清淡的綠茶

採集瓶置放在層架
那裡孕育一座森林

喝完這杯綠茶
離打卡下班不遠
茶葉散開膨脹了一日心事

獵人開著吉普車遠離了吧？
車上的獵物在陽光下失溫僵硬了吧？
採集瓶裡的菌類正等待空氣與水氣
助長它們另成一座森林

靜躺桌上的報紙
在午後斜進的陽光中
顯露昨日的疲態

頭版　某政要死亡
焦點版　山間電塔倒塌造成三萬戶民宅停電
要聞版　某民代買票案定罪　取消當選資格
生活版　食衣住行都有仿冒與山寨

社會版　詐騙來電時絕不要轉帳
健康版　為何每種症狀看起來都像罹癌
婦女版　鼓勵不婚堅持自主拒絕衰老
家庭版　遠離公婆獨立買房無油廚房身心健康生活主義
副刊版　可有可無吃茶配飯平淡人生謀個精神長存

他翻到事求人廣告
並沒有一座森林徵求探測員

26

玻璃窗外

探測員在綠茶中看見時光的流逝
一如他重溫的
早晨森林中午森林
集成一支萬花筒內的世界
喝完這杯茶
他可以走出休息站
等待明日再採集一座森林

他望向玻璃窗尋索時光的路徑
窗面彷彿膨脹透霧
遠處有煙雲飛入天空
煙下樹梢模糊
他感到地動山搖
成群動物奔跑的波動如地裂
桌上的報紙震動
紙上成行成列的密麻文字彷彿也燃起一陣煙

放下杯子
杯中殘茶無能澆熄一座森林的火勢
他打了一通電話給森林消防員
所有站員都衝出休息站

像奔跑的動物以速度
測量火勢的距離

第三章

森林之火

27

北方

火在北方
陽光笑吹起一陣風
撩動火焰如舞孃曼動姿影
煙滾　煙滾成一條河騰向雲的方向

你聽到獸群奔出森林的腳步聲嗎？
你感到群蟻眾蟲的躁動嗎？
你看到那條騰上雲端的煙影裡有驚嚇的燕影嗎？

傾落的樹枝如燭
燃起另一段樹枝的星芒
星芒　午後的星芒聚集成災
爆破森林的寧靜
如果狂潮用以覆舟
星芒連成火焰之舞
一座森林便成焦野

南邊的精靈奔向北方
鼻間還凝注早晨花間露珠的餘香
如今為了燒灼的森林
她們奔赴火場

排成一列祈禱儀式
齊唱降雨神咒
火焰
怒成一條蟒蛇
逶迤入林

神在哪裡？

28

精靈之歌

說是古老之神留下的示諭：
凡是傳唱的　我必聆聽。

歌聲可以上達天庭
那裡有神的耳朵神的心靈

精靈齊唱：
南方來的祈願
向北方之神求助

降雨淋滅那憤怒之火吧
那森林裡有百足之蟲趕不上火焰的速度
有展翅急翔的鳥群逃不過噴發的火星
有龐然的獸群焚身化為焦炭
一切生的將死滅

只有水能救治泥裡的一線根鬚與
灰燼裡殘存的種子
來吧　北方之神
以祢慈悲的淚水灌溉死的哀傷
來吧　北方的慈悲
低頭俯視眾生
便是神澤

南方來的祈願
以我精靈之歌
傳頌四方
雲將聽見
雨將降臨
那雲雨之上的神
為我精靈之主
服侍祢　我才是我

29

黑色幽魂

欒樹燒成一排焦黑的魂
向秋天討取美麗的花朵
而秋天尚遠

槭樹垂首倒地
綿密的葉子曾有秋日幻影
而今成灰煙滅

松樹不再長青

水潭不再清澈

火星
所經之處
枝葉焦黑成幽影
殘枝浮塵亦幻化成魂

幽魂們低吟一首悲傷的曲調
唱進更深的森林
逐向仍星芒放射的林相
黑色幽魂跪臥成一片焦土
午後的陽光焚燒

30

找路

還有一種幽魂
在焦林裡飄蕩
他們尋找回家的路
用悲傷丈量路途的盡頭
他們記得百年前也有一場大火
燒盡村子家家戶戶的梁柱
哭泣的孩童絕望的大人
沒成焦屍的
都來到林中

沿著神農氏的足跡
採集百草與花果樹木
把葉汁塗在灼傷的皮膚
把果子送進乾焦碎裂的肝腸
無家可歸的身體向春夏秋冬詢問答案
是什麼引起火源燒毀家園？
寒冷與暑熱無聲交替
他們最後滋養了百草樹木
魂魄穿過一林又一林
一年又一年
也曾記得昔日的花香與稻熟
走回去的路到底往什麼方向？

31
宗祠

百年前的那場大火
在村頭燃起的時候
雷神放假遊玩
雨神眼睛蒙上陰翳

尋仇的人帶著累世的憤恨
在基因裡埋下異族火焰
他們就燃起了那把火

村裡的小店販賣南北貨
祖先走過很遠的路程才知道
域外有不同的果子與花香

往村外的那條路
橋頭有母親對兒的呼喚
桃花樹下有離別的戀人留下的海誓山盟
還有一座宗祠
祖先們擠在那裡輕聲細語
為子孫早晚頌禱

而火　帶著愁恨的火
向村尾方向翻騰時

那些將成野鬼的已經知道
雞鳴與炊煙
嬰啼與童言
將如無雲的天空
留不下記憶的痕跡

成鬼後
灰燼裡找不到宗祠遺跡

32
水源

山林護管員闢開路徑
他們尋索一條可以斬火的路徑
圍起防火線

空中急來的直升機已成神祇
灑下水源帶來雨的滋潤

消防員的阻燃劑、火拍、鋤頭、柴刀
阻斷星火與煙硝的邪靈

煙霧中
他們讓自己不迷失於煙霧
與幽魂交談
請速離勿奪萬物之命
他們讓自己成為森林之王主宰一場惡火的止熄
直到最後的煙硝熄滅

幽魂被水囚綁於地被層
水霧還在四周瀰漫
直升機的引擎聲是神諭嗎？

33 記憶之屋

林中是否會有一座小屋
收藏記憶之門
從第一道門不斷穿越
而後抵達一個隱密的所在
那裡或將直通無限
收藏所有的曾經

火焰會襲向那座小屋
把往日燒毀嗎？

那是少女蛻變為少婦的居所嗎？
那林深處到底有什麼？
大火掠過的
還有什麼可剩下？

34

溪流

這條林中之溪
蜿蜒過不同林相
像經歷許多歲月
見識每種歲月的面容

北方的這段彷如中年
火勢劫持它舒涼的水流成
灼熱的嗚咽

焦木跌入溪中
原以為是一場清濯之旅
卻成滅頂
溪流潺潺不歇

有時收集雨
有時滙聚其他水流
這時上方灌下水霧
傾瀉的姿態是雨嗎？
直升機的倒影如魚在水中旋轉
龐大的影子撞擊溪石
倒影與溪石　留不住水流
水流　以灼熱的記憶奔向下游

是誰在水中傷痕累累？
那下游的末端必然經歷了幾個林相
止於一個池塘
或
一個低窪的澤地
芒草在風中
靜默無語

35

溪石

猶記得前世是山上一塊巨岩
一場山崩
地裂成溪
巨岩碎裂成溪流裡無數個掙扎的魂魄
以位階大小與形狀
為流水合奏出潺潺聲響
每個聲音
都是前世的追尋與緬懷

直到水流磨圓每顆碎石
魂魄便囚禁成無稜無角無喜無悲
只帶著巨岩殘存的光彩記憶
傲視日月星辰的注視

而今焦木帶來灼熱
碎小的石心痛脹欲裂

不能再碎解了
必須繼續帶著前世的記憶
昂然與溪水同在
才能收納天空與森林

水中微細生物的呼吸與苔蘚生長
從這裡開始
必須熬過這場熱患
才能證明躺在溪底裡的歲月
與日月等長

36

蜂使

有些蜂燒成煙塵
有些蜂群起齊飛
繞過煙火
沿著溪流飛向
無火的下游

牠們途經各在春夏秋冬開花的樹木花草
要在這季
採夏日的花粉

傳授花與花的交合秘密
為了下一個夏季的森林
成就花與樹的繽紛眾像
牠們引蝶招蟲鋪一條授粉的遷徒之途

火焰中的蜂巢失落如泥
蜜與膠與女皇化為培土
等待另一場植被盛世

逃火離巢的蜂群
為命脈趕路
灼熱的溪流聲響

引向一彎生路
說是生命的使者
一往無前飛往花的方向

37

熄滅的欣喜

站在南邊的森林探測員
及觀護站的人員們
望向北方天空帶來水流的直升機
一架兩架三架無數架
延伸下去的架次就是天空的眾神
他們放下心中燃燒的岩石

護管員犁出的防火線保守森林的東方西方南方
他們阻斷地被層的煙火搶回樹幹殘命

他們搶救森林如搶救人類的藥箱
他們走在水流中如一截等待澆熄的搖曳樹幹

水流急注
與時間爭取滅火最短的距離
防火線　如河護城
直升機要用盡最後一滴水源
眾神說　火你即刻熄滅
如眾惡口之即時禁閉

南方的森林探測員
林裡的精靈
及眾花神樹精

見那煙火降熄
宛如歷經了地獄之門
回到自然的生息
他們欣喜吐出長氣
爆出歡樂的笑聲
精靈揮動神奇的手杖飛高齊唱謝詞

花再吐香
蜂來了
樹再拔高一點確認那煙火正在努力靜息

38

如果大火不熄

如果大火不熄
火便無止無盡
直把森林燒成焦土

如果大火不熄
鳥無歸處
雲迷失了方向

如果大火不熄
蔭無可蔭
焦原即是地獄

如果大火不熄
風吹不出林子的聲音
眾神失語

精靈會四散
花魂會飄渺無蹤
探測員會
找不到回家的路

大地會
失去顏色
而疾病
無藥可治
詩人沒有一座森林可吟唱

第四章

39 眾聲

即時網路新聞記載這起森林之火
懷疑聲量如那煙雲飄起
有人故意縱火？
獵人丟下一截菸蒂？
有人入林烤肉？
灼熱的陽光引燃乾燥的枝葉？

那獵人帶著獵物去遠了
夕陽為森林塗脂

三邊暈黃的翠綠
一邊煙火降熄
而社會的驚嚇滋長出一條惡夢的路徑
通向網路新聞的臆測
到底星火如何燎起
有否陰謀
眾口不僅飲食
還要編織故事找出火災的起源

探測員帶著採集瓶及他的驚嚇惡夢
離開森林
昨天的雲彷彿久遠前已飄離
他在內心低語，幸好

我把森林複製進採集瓶了
即使從毀滅走向重生
路途遙遠

採集瓶裡眾生生不息微生物
急於分裂成長
他們迫不及待要再造森林成
蟲可以翻泥鳥可以棲息花香可以傳情
獸可以臥倨於林蔭的
夏日迷情

40

故事

探測員搭一趟二十分鐘的車程
帶著天際最後的霞光
回到城市的實驗室
採集瓶置入溫濕調控的培養箱
箱裡模擬森林的溫度
拒絕極冷和極熱

而新聞正沸沸揚揚
極熱的討論森林疏於管理

極冷的嘲諷無風起火的夏日鬧劇

探測員疲憊坐在椅上
讓新聞搓進更疲憊的心裡
時間發酵成一隻陰謀怪獸
撐破心臟耐受能量
他觀看森林裡撿到的那隻手錶
時分走到晚上 6:30

他應該下班走向家的方向
顯微鏡下的世界卻如幻境誘人
他取出一隻採集瓶
挖取小片苔蘚

300倍的鏡頭下
有濕潤的孢子
原該等待一陣風或一隻蜂的造訪
卻在這鏡頭下等待植入
一個濕軟的溫床
或一個開腔剖腹的實驗
分解生命蛻化成林的故事

如果一場火使蛻化的故事停止呢？
火劫後的森林得歷數十年才能復生
從一枚孢子一顆種子開始森林的故事
他思索他的人生
也曾有那麼一場火劫

留下至今未能重生的故事

41

黑暗

是的
他最在意的
是未曾在街上巧遇
那已然蛻變成婦人的窗前少女
窗口的往日時光
何嘗不是馳向未來
與記憶溫存慰藉
愛的火焰燃起時

以為心裡如繁星燦爛
未能預見
熄滅後的黑暗長途

在長途中
他涉向森林
聆聽眾生物聲息
在顯微鏡下探看生物有情的軌跡及
生死輪轉
黑暗長途的盡頭彷如死滅
卻有一線陽光在更遠方
呼喚生之欲望

所有的火劫
等待一株向陽光探頭的綠苗

他心中的綠苗
在歲月裡靜待
凡生的
必能走到黑暗盡頭
看見有光隱隱

42

殘影

林中飄蕩百年的幽魂
斷了宗祠斷了生途
漫漫幽暗長夜的盡頭
有一縷記憶散出森林
是異鄉人猶記的他鄉路
煙滅於火劫
在口語間傳播曾經的存在
便成了傳說

催促大災難來臨前的遷徙
鄰人都四散
友人都分離
愛情也叛別

傳說的那把火
散成心中殘影
懼怕火勢再來
就算沒了家門
也要有一條生之道路
在水涯
在林邊
在呢噥的情語間
感受心的悸動

43

斷崖

夜色降臨之前
顯微鏡下美麗的孢子伸展分裂的蠢動
猶如他少年的心伸向美麗世界的想像
源於一枚孢子
有性無性皆可
物種以不同的姿態向世界說話
他也想說話
今日他在森林卻無人可交談
但有花草樹木飛禽走獸

所見即語言

他會將孢子置入溫暖的培土
開啟一生的故事

對於那些人生未完成的故事
宛如來到斷崖
越不過去
便望著對邊想像那裡剛發生的事

你若遇到風折
或一場火焰
倖存下來

可以站在斷崖這邊
想像對邊那個未完的故事
應該以什麼方式進行

44

崖岸

你可以想像有一個崖岸
一顆巨岩
像神
站在那裡

祂從創世就站在那裡了
創世始於何時?
洪水第一次發生
或第一道陽光照射時

或
蛇滑向伊甸園
誘使亞當夏娃食下分辨善惡之果
人便走向死亡的命運
塵土所造的
歸於塵土

神站在崖岸那邊
靜默觀看這一切眾生眾養眾繁衍
最後
都化為塵土

但生者求生

為了活著可以分辨善惡
享受喜樂
斷崖那塊巨石是神嗎？
它跟神一樣靜默

45

巨石

站在崖邊的巨石
恆久聆聽濤聲

那遠方的江海
崖下的水流
滾滾滔滔帶來時間的聲音
收束於巨石的耳膜
刻畫出風蝕的紋痕
時間來過

巨石眼睛所望的那片森林
有風撩起時
聲浪如濤
帶來眾樹的語言

濤聲排浪
語言交雜出動物們的聲息
天籟齊奏

海流之濤與森林之濤
同融於巨石耳膜
它便有了山海與平地

而今它望見林中的火後餘煙
迤迤向天
它仍如如不動
它站了幾千幾萬年
如何能碎裂於一縷煙雲

如果有神
祂照看一切
一切自有生機與毀滅

46

未接來電

桌上的手機震動而後停歇
低頭俯看
有一通未接來電
陌生的號碼
像他錯失的路上風景

也許是一通新潮的廣告招攬或
一個遠至遺忘的友人
甚或詐騙者

侵入這個號碼
試圖連結他
連結不同的時間與空間
以及某種欲望

而他停留在森林
在採集瓶裡微小的生命
那些生命散發開來
便有了另一個未來的時空

另一通未接來電
是家人的呼喚
也許質疑晚歸

但大火後的激盪仍在探測員內心
翻滾
如將燒毀他在林中的足跡
他大半生的採集

他必須跋涉過內在的崎嶺
才能相信明日的朝陽如常升起

47

未來的森林

探測員把未來的森林
放進溫控培養箱
把研究寄放在明天　每個明天
是生之期待
他的身體與森林
都期待晨起的陽光
像東起宇宙微塵運轉的能量投在
舞台，激發生之欣喜

鎖上培養箱時彷如
鎖了一個秘密
心裡有一條祕境
通向重生

新聞播報
起火的森林
餘煙漸熄

那泥下深埋的種子
花謝時曾飄落的生之希望
在餘煙下
在夢的邊緣
等待復甦

第五章

夜歌

48

靜聽

一縷輕煙無力的旋起
消散在一枝仍潮濕的半焦枝幹
像一個散掉的魂
找不到歸路

夜色覆蓋森林
焦灼的幽魂都黑成了夜
一隻覓食的野豬找不到一株草
迷失的方向尋不到來時的記憶

只有足跡踩碎斷枝的聲音
迷路的豬啊
蓊鬱的綠林
在焦土的另一方
再走深些嗅到芬多精的氣息
即是來時路

這黑幽幽的夜幕
不能使你目盲
無月之夜
你的嗅覺更勝月光

芬多精下有蟲子蠕動

有夜鴞吟唱
斑雀的情歌低低迴盪在輕薄的葉脈間
驚擾早睡的蟲蛔

安靜的聲息裡
有微弱的風載著夜裡輕輕的聲響游走
你聽到新葉從枝椏抽出的聲音
或一隻蚊蚋振翅的輕顫？

他們只是交響你以為不存在的聲音
夜間的林子
樹木的私語竊竊傳遞
他們怕驚擾眠中的蟲蛔鳥獸

49

新鄰

站在樹枝上的夜鴞轉頭觀看
對面槭樹上一隻藍鵲未眠

夜鴞鳴聲傳送催眠訊息
藍鵲垂下憂鬱的羽翼
像極了一位失意無眠的貴婦
牠傍晚從失火的林子飛來
眼裡煙火驚疑晚雲的酷熱

那邊白頭翁夫妻也無眠
牠們的巢掉落在失火的林子
三隻夏日孵出的幼鳥正想振翅離巢
瞬間化成浴火鳳凰

雀群慶幸離逃那場火
吱吱喳喳交換逃離的驚慌

夜鴞視線漫過新鄰居，落在
楓葉上一隻酣睡的瓢蟲
風攪來的燥熱搧不醒
彷如夢裡仍有一整個甜美的夏天

聽著那群新鄰的交啼
夜鴞也想像瓢蟲沉入甜美的眠夢
但牠必須站在枝頭繼續夜間思考
保留智者名節

50

風

但不要說這股燥熱的風
如何在夜裡撩起
它是多情的戀人
迴旋熱戀的訊息
使樹葉可以起舞送出樹的語言
傳遞森林舞會的曲目

或者，帶著柔軟的話語
給楓，給松，給榕，給枝上開著嬌嬈花朵的眾樹

催眠的夜曲，讓眾生
在夢的溫床蓄滿精力
過了夏日
還有秋日要跋涉

聽那夜風交織的樹語
及鳥鳴蟲唧
這首未曾靜息的夜曲使
森林遺失了邊界

51

精靈的夢

是夢非夢
煙雲散去的方向
一片漆黑
月光尚未轉來

精靈的羽翅卻是帶著光
輕輕拂過林間如薄霧
給花朵
增添朦朧的嫵媚

她們跳到枝幹上
飛梭在林間
確認下午那場火
已失去蹤影
唱給神的歌曲已進入神的耳裡
森林因得赦免於火之罪罰

天亮之前
她們也想進入一場深沉的睡眠
蓄飽精力繼續
游走森林撫慰花魂與老葉

如果夢是一則神諭
她們繼續在夢裡領受
森林的生之氣息

52

夜鶯歌唱

黃鶯的情歌傳散成風
在夜色裡衍生夜色
每一株林木的幽影
有情歌覆蓋如一層紗帳
帳裡有怡靜的聲息等待朝陽輪轉生機

那情歌便如催眠一切躁動
以安靜的聲息
來到另一個生的希望

牠們宛轉曲調
聲音的波紋彈奏心情的伏動
唱出的聲音等待回音
等待波紋傳回對方的心曲

那麼在夜裡
眾生聆聽那起伏而悅耳的情歌
懷著千萬個甜美的夢等待
曙光隨歌聲昇起

53
窗邊的光

無月的窗邊應有光嗎？
森林探測員躺在床側
依枕望著窗外漆黑裡的城市之光
各種燈光的殘影
霓虹　街燈　家燈　塔光　一架飛機橫空滑過的翼光

城市是透光的
未曾打烊
他望見那光裡還有森林的陰影

彷彿白天沒有轉到海的另一邊

身邊的妻子已酣睡
均勻的鼻息裡是否含蘊甜美的夢鄉
織就青春未完的愛情？

他不靠夢來織就未完的愛情
窗邊的城市微光穿透過去就是少女的窗前

啊

未竟
是一則最長的夜曲
夜繼夜
微光中吟唱

那聲音
穿過心　穿過時光
或許停在少女窗前
或許
只是唱給了昔日的自己

54

培養皿新生

培養皿裡的真菌
靜靜呼吸濕潤的潮氣
默默分裂細胞
今夜躲過顯微鏡下夾死在玻璃片下的命運
它們將滋長
成就森林物種或分解生物循環於生生不息
關於愛與生命
始於滋長

也有蟲卵臥在另一個皿裡
在溫控下邁向孵化
種子在培土裡浸潤

幽暗實驗室裡培養箱的運轉聲息
正在吟唱一首維持生活的夜曲嗎？
每聲運轉都是一口呼吸
氧氣與濕度
燈照與溫度
囚禁是為了新生

然後一座森林
在百里外或百年外蔓生

向朝陽招呼每一個芬多精的吐納
走入宇宙的軌道
陽光與綠交織成更詭奇的光芒

55

城市

探測員望著城市燈光殘影沉入夢鄉
他看見那座失火的森林
飄浮在城市之上
一叢綠意中有一個熄火後的焦土
彷彿天空
破了一個洞
那黑幽幽的洞成為一片海洋
水就漫淹下來

城市浮起成一艘船
承載一整座綠林
駛向遠方的一朵黑雲

雲邊有一線微微的光
像幽黑的天空正要開啟大門
門後是生命初始的花園嗎？
那裡似有日照溫煦
像亞當與夏娃的園子裡充滿蛇的引誘
像犁開一畝田一條河劃開土地的滋養
神令用盡苦難耕耘一生
復歸塵土
那花園便成苦難

而後探測員驚醒
從妻子均勻的鼻息
感受城市的夜晚必須靜悄悄
不宜躁動

56

妻子的眼睛

窗邊探進的微光
投在妻子翕動的眼眸
她睜開眼
在漆黑裡循著暗光尋到
他的臉他的鼻他不安的眼瞳裡躲著的幽靈
探測員也尋到妻子眼裡的幽靈
那是一座森林
有一個角落失火成焦土

林裡樹濤湧動
如電影畫面
一個鏡頭蟲鳴一個鏡頭鳥飛一個鏡頭枝影纏綿
最後看到
一個囚困的自己躺在那眼瞳深處

夜了
我們都該再進入夢鄉
明日的朝陽升起
僻鄉的炊煙
城裡的車鳴
將如一列不停歇的時光列車
繼續行駛

終聲

寂靜中
才更清楚聽見聲音
也許是地鳴是風穿林是鳥交談是蟲蛔爬行
是一切的竊竊私語

森林探測員走入我
我走入森林探測員
以為有一座林容納了所有的異類
所有的我與非我

我便是一切的觀看與好奇
一切的聆聽與傳播
任由時間開出一條引我之路

逶迤向一片風景

這一路
便有詩歌吟唱
像一股柔風吹來
滌洗路上風塵

我吟誦詩歌
詩歌便如我

後記

歌劇中獨唱的曲目稱為詠嘆調，意在角色內在情感的起伏，協以音樂性的發揮。因而將這個意義上的詠嘆調借用為詩集定名，意在突顯詩人宛如獨白的內心風景與生命樂章。森林的一天，人生的朝夕。詩的舞台，生的情境。

還是個中學生時，喜歡寫詩，大學後多寫小說，便沒有回頭，可心裡有詩境時時歧入。只偶而寫些散篇隨意置放，卻長時讀詩。歷經年歲，寫了幾本小說後，頗有想滿足年少寫詩的續願，便成此作。

詩的形式自由，表現多端，走入其中，又是一場鍾煉。此作敘事為主，不以隱晦為尚，祈在能解易懂。最終，得回到一個簡單的說法，喜愛以詩敘事，是因它可以壓縮一切細節，又彷若有細節。

當代名家
森林詠嘆調

2023年10月初版　　定價：新臺幣420元

著者	蔡素芬
叢書編輯	杜芳琪
內文排版	菩薩蠻
封面設計	許晉維

出版者	聯經出版事業股份有限公司
地址	新北市汐止區大同路一段369號1樓
叢書編輯電話	(02)86925588轉5394
台北聯經書房	台北市新生南路三段94號
電話	(02)23620308
郵政劃撥帳戶第0100559-3號	
郵撥電話	(02)23620308
印刷者	文聯彩色製版印刷有限公司
總經銷	聯合發行股份有限公司
發行所	新北市新店區寶橋路235巷6弄6號2樓
電話	(02)29178022

副總編輯	陳逸華
總編輯	涂豐恩
總經理	陳芝宇
社長	羅國俊
發行人	林載爵

行政院新聞局出版事業登記證局版臺業字第0130號

本書如有缺頁，破損，倒裝請寄回台北聯經書房更換。　ISBN 978-957-08-7089-3 (精裝)
聯經網址：www.linkingbooks.com.tw
電子信箱：linking@udngroup.com

國家圖書館出版品預行編目資料

森林詠嘆調/蔡素芬著．初版．新北市．聯經．2023年
10月．224面．12.8×19公分（當代名家）
ISBN 978-957-08-7089-3（精裝）

863.51　　112013150